South San Francisco Public Library
P9-BYA-616

Time to Say Bye-Bye

Oras na Para Magpaalam

Maryann Cocca-Leffler

Babl Books

To Uncle Richie and Aunt Linda,
to share with your grandchildren.
Love, Maryann

Previously Published in 2012 by Viking- Penguin Group, Inc

Translations provided by the Babl Books Community, with
final editing by Faith Cabanilla.

Bilingual edition published by Babl Books, Inc.
www.bablbooks.com

ISBN 978-1-68304-197-9

Busy, busy day! Time to go...

Ang dami kong gawain ngayong araw!
Pero oras na para pumunta...

to the park.
sa parke.
Swinging,
Magduyan,

digging,

maghukay,

riding fun.

masayang pagsakay.

I don't want to leave.
Ayoko pang umalis.

But it's time to say bye-bye.

Pero oras na para magpaalam.

Bye-bye swing.
Paalam duyan.
Bye-bye sandbox.
Paalam kahon ng buhangin.

Bye-bye friend.
Paalam kaibigan.
Time to go...
Oras na para pumunta...

to Grandma's.
kina Lola.
Dancing,
Magsayaw,

baking,

mag-bake,

smelling flowers.

umamoy ng mga bulaklak.

I want to stay.

Gusto ko pa manatili.

But it's time to say bye-bye.

Pero oras na para magpaalam.

Bye-bye cookies.

Paalam mga cookies.

Bye-bye flowers.

Paalam mga bulaklak.

Bye-bye Grandma.
Paalam Lola.
Time to go...
Oras na para umalis...

back home.

pauwi sa bahay.

Eating,

Kumain,

building,
magbuo,

toy parade.

parada ng mga laruan.

I'm still playing.
Ako'y naglalaro pa.

But it's time to say bye-bye.
Pero oras na para magpaalam.

Bye-bye dishes.

Paalam mga plato.

Bye-bye blocks.

Paalam mga blocks.

Bye-bye toys.

Paalam mga laruan.

Time to go...

Oras na para pumunta...

Splashing,
Magtilamsikan,
in the tub.
sa paliguan.
sailing,
maglayag,

bubble hair.

mabulang buhok.

c
I'm not done yet.
Hindi pa ako tapos.

But it's time to say bye-bye.

Pero oras na para magpaalam.

Bye-bye bath.
Paalam paliguan.

Bye-bye boat.

Paalam bangka.

Bye-bye ducky.

Paalam ducky.

Because...

Dahil...

it's bedtime.

oras na para matulog.

Reading stories and more stories,

Magbasa ng mga kuwento at marami pang kuwento,

cozy cuddles.

mga masasarap
na yakap.

I'm not sleepy.

Hindi pa ako inaatok.

But it's time to say night-night.

Pero oras na para magsabi ng night-night.

Night-night light.
Night-night ilaw.
Night-night books.
Night-night mga libro.
Night-night Mommy.
Night-night Nanay.
Time for...
Oras na para sa...

sweet dreams!

mahimbing na pagtulog!

CPSIA information can be obtained at www.ICGtesting.com
Printed in the USA
LVIW01n1501280717
542790LV00001B/10